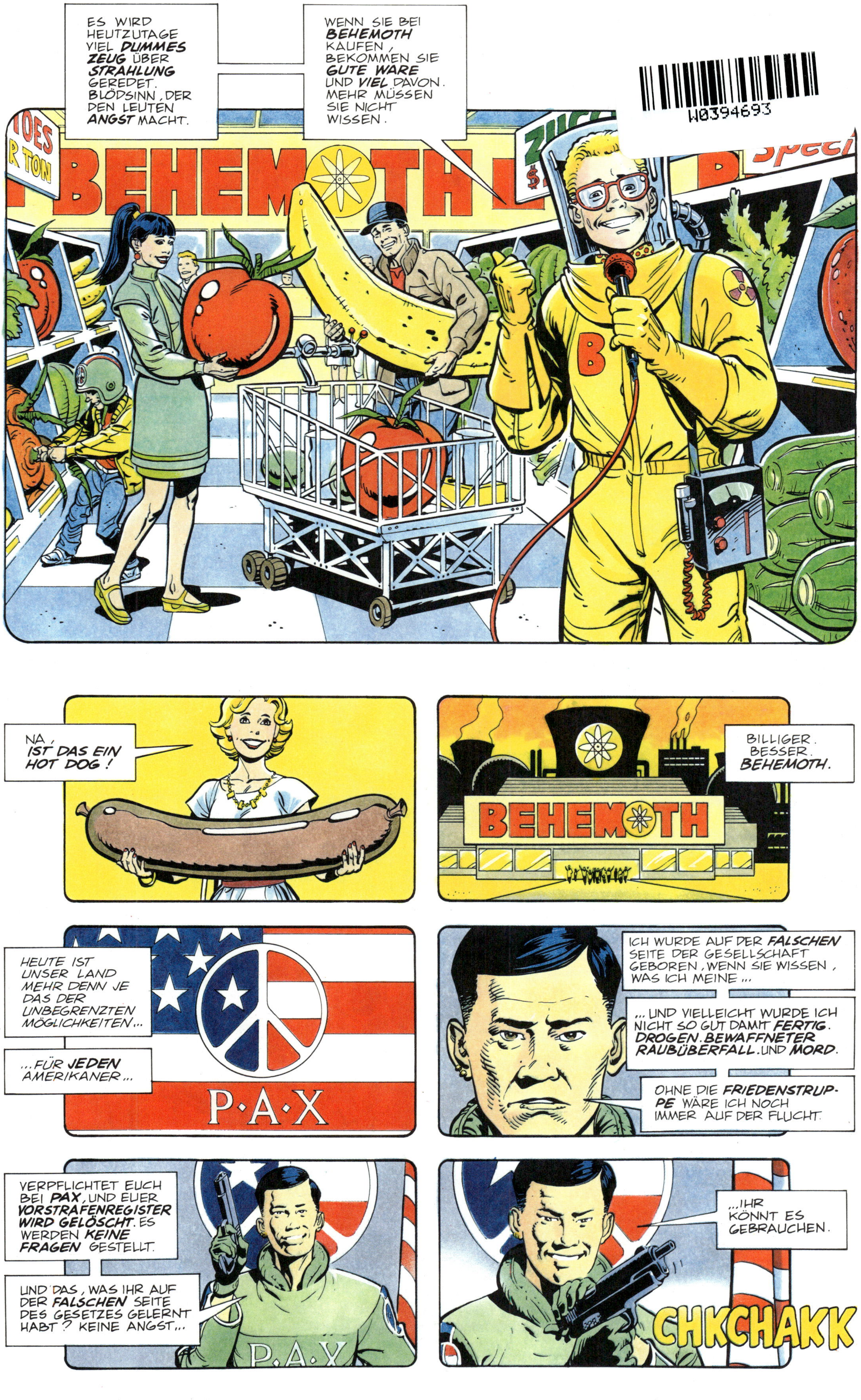

ES WIRD HEUTZUTAGE VIEL DUMMES ZEUG ÜBER STRAHLUNG GEREDET. BLÖDSINN, DER DEN LEUTEN ANGST MACHT.
WENN SIE BEI BEHEMOTH KAUFEN, BEKOMMEN SIE GUTE WARE UND VIEL DAVON. MEHR MÜSSEN SIE NICHT WISSEN.
BEHEMOTH
B
NA, IST DAS EIN HOT DOG!
BILLIGER. BESSER. BEHEMOTH.
BEHEMOTH
HEUTE IST UNSER LAND MEHR DENN JE DAS DER UNBEGRENZTEN MÖGLICHKEITEN...
...FÜR JEDEN AMERIKANER...
P·A·X
ICH WURDE AUF DER FALSCHEN SEITE DER GESELLSCHAFT GEBOREN, WENN SIE WISSEN, WAS ICH MEINE...
...UND VIELLEICHT WURDE ICH NICHT SO GUT DAMIT FERTIG. DROGEN. BEWAFFNETER RAUBÜBERFALL. UND MORD.
OHNE DIE FRIEDENSTRUPPE WÄRE ICH NOCH IMMER AUF DER FLUCHT.
VERPFLICHTET EUCH BEI PAX, UND EUER VORSTRAFENREGISTER WIRD GELÖSCHT. ES WERDEN KEINE FRAGEN GESTELLT.
UND DAS, WAS IHR AUF DER FALSCHEN SEITE DES GESETZES GELERNT HABT? KEINE ANGST...
P.A.X
...IHR KÖNNT ES GEBRAUCHEN.
CHKCHAKK

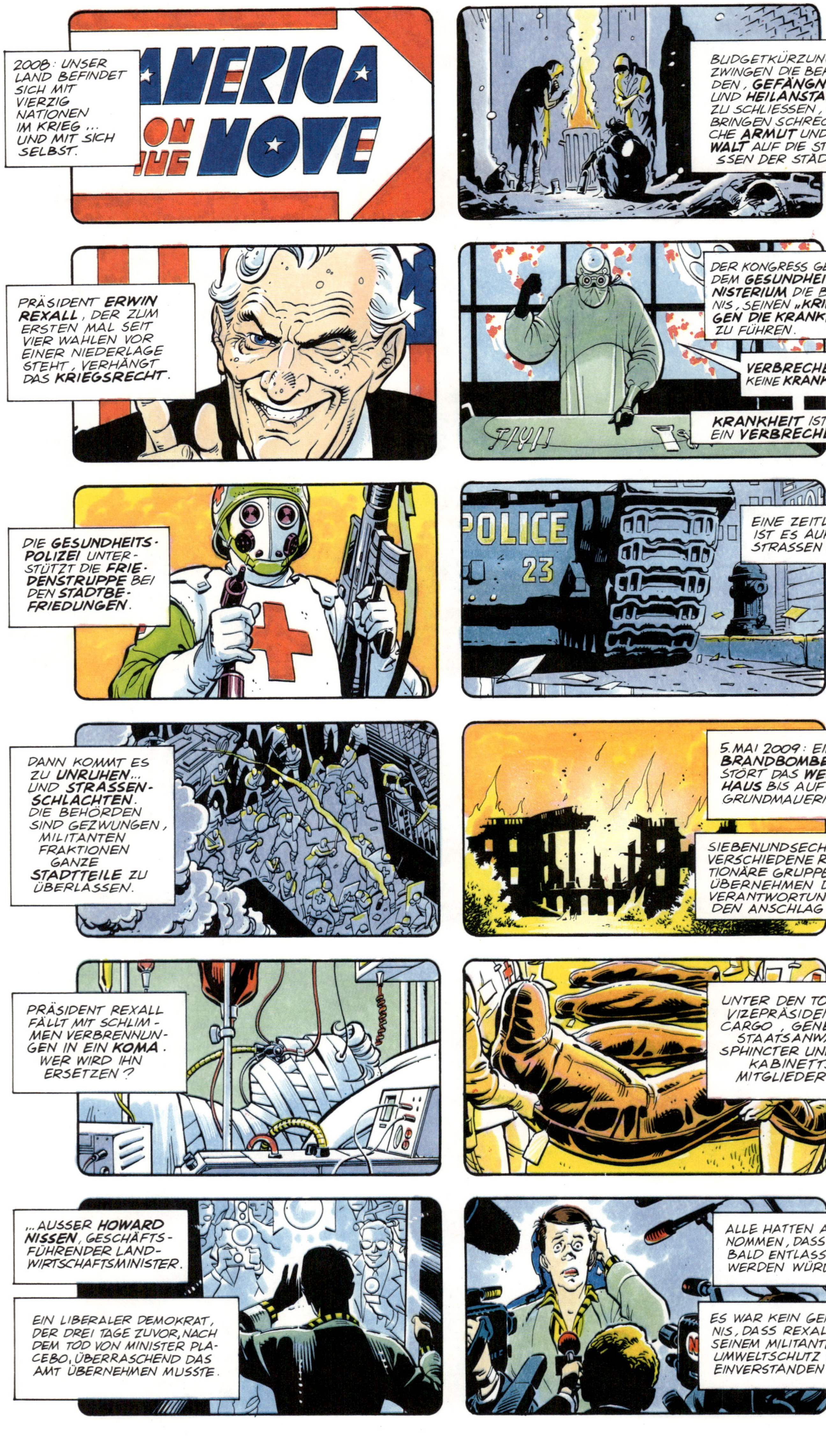
AMERICA ON THE MOVE
2008: UNSER LAND BEFINDET SICH MIT VIERZIG NATIONEN IM KRIEG ... UND MIT SICH SELBST.
BUDGETKÜRZUNGEN ZWINGEN DIE BEHÖRDEN, GEFÄNGNISSE UND HEILANSTALTEN ZU SCHLIESSEN, UND BRINGEN SCHRECKLICHE ARMUT UND GEWALT AUF DIE STRASSEN DER STÄDTE.
PRÄSIDENT ERWIN REXALL, DER ZUM ERSTEN MAL SEIT VIER WAHLEN VOR EINER NIEDERLAGE STEHT, VERHÄNGT DAS KRIEGSRECHT.
DER KONGRESS GEWÄHRT DEM GESUNDHEITSMINISTERIUM DIE BEFUGNIS, SEINEN „KRIEG GEGEN DIE KRANKHEIT" ZU FÜHREN.
VERBRECHEN IST KEINE KRANKHEIT.
KRANKHEIT IST EIN VERBRECHEN.
DIE GESUNDHEITSPOLIZEI UNTERSTÜTZT DIE FRIEDENSTRUPPE BEI DEN STADTBEFRIEDUNGEN.
POLICE 23
EINE ZEITLANG IST ES AUF DEN STRASSEN RUHIG.
DANN KOMMT ES ZU UNRUHEN... UND STRASSENSCHLACHTEN. DIE BEHÖRDEN SIND GEZWUNGEN, MILITANTEN FRAKTIONEN GANZE STADTTEILE ZU ÜBERLASSEN.
5. MAI 2009: EINE BRANDBOMBE ZERSTÖRT DAS WEISSE HAUS BIS AUF DIE GRUNDMAUERN.
SIEBENUNDSECHZIG VERSCHIEDENE REVOLUTIONÄRE GRUPPEN ÜBERNEHMEN DIE VERANTWORTUNG FÜR DEN ANSCHLAG.
PRÄSIDENT REXALL FÄLLT MIT SCHLIMMEN VERBRENNUNGEN IN EIN KOMA. WER WIRD IHN ERSETZEN?
UNTER DEN TOTEN: VIZEPRÄSIDENT CARGO, GENERALSTAATSANWALT SPHINCTER UND ALLE KABINETTSMITGLIEDER ...
...AUSSER HOWARD NISSEN, GESCHÄFTSFÜHRENDER LANDWIRTSCHAFTSMINISTER.
EIN LIBERALER DEMOKRAT, DER DREI TAGE ZUVOR, NACH DEM TOD VON MINISTER PLACEBO, ÜBERRASCHEND DAS AMT ÜBERNEHMEN MUSSTE.
ALLE HATTEN ANGENOMMEN, DASS ER BALD ENTLASSEN WERDEN WÜRDE.
ES WAR KEIN GEHEIMNIS, DASS REXALL MIT SEINEM MILITANTEN UMWELTSCHUTZ NICHT EINVERSTANDEN WAR.

9. MAI 2009: HOWARD NISSEN WIRD ALS ERSTER NEUER PRÄSIDENT DER VEREINIGTEN STAATEN SEIT DREIZEHN JAHREN VEREIDIGT.
10. MAI 2009: NISSENS **ERSTE AMTSHANDLUNG** BESTEHT DARIN, ALLE **FRIEDENSTRUPPEN** AUS DEN VERGIFTETEN NIEMANDSLÄNDERN ÜBERALL AUF DER ERDE ZURÜCKZUZIEHEN ...
... UND BEENDET DAMIT MEHR ALS EIN JAHRZEHNT KOSTSPIELIGER KRIEGE UND BEREITET DEN WEG FÜR AMERIKAS WIEDERAUFNAHME IN DIE VEREINTEN NATIONEN.
DOCH DIE 150.000 **PAX**-SOLDATEN BLEIBEN NICHT LANGE UNTÄTIG.
AM 1. JUNI 2009 BEFIEHLT PRÄSIDENT NISSEN EINE INVASION DES BRASILIANISCHEN **AMAZONAS-REGENWALDES**.
PAX-TRUPPEN VERTEIDIGEN IN EINEM KRIEG, DER BIS ZUM HEUTIGEN TAG ANHÄLT, DIE LETZTEN WINZIGEN RESTE DES URWALDES GEGEN SKRUPELLOSE INTERNATIONALE FAST-FOOD-KONZERNE.
21. JUNI 2009: NISSEN UNTERZEICHNET DEN BAHNBRECHENDEN VERTRAG „**SCHWERTER ZU PFLUGSCHAREN**“, UND ...
... **SOWJETISCHE** UND **US-AMERIKANISCHE LASERKANONEN** WERDEN AUF IHR JEWEILS **EIGENES TERRITORIUM** GERICHTET.
30. JUNI 2009: NISSENS ERSTE KRISE. EIN **APACHEN-STAMM** BESETZT DIE ALTE **LUNDORF-ÖLRAFFINERIE** IM MEXIKANISCHEN TERRITORIUM.
NISSENS LÖSUNG SCHOCKIERT EINIGE ... UND BEEINDRUCKT VIELE.
MEINE FREUNDE, WIR MÜSSEN EINIGES ZURECHTRÜCKEN.
DER VÖLKERMORD AN DEN AMERIKANISCHEN UREINWOHNERN MUSS AUFHÖREN.
DIE BUNDESREGIERUNG HAT DIE LUNDORF-RAFFINERIE ERWORBEN ...
... UND ÜBEREIGNET SIE DEM VOLK DER APACHEN ALS GESTE DES GUTEN WILLENS IN DER HOFFNUNG, DASS ES GEDEIHEN MÖGE.
31. MÄRZ 2010: PRÄSIDENT NISSEN BEKOMMT DEN **FRIEDENSNOBELPREIS**.
SOLLTE SICH ERWIN REXALL JE AUS SEINEM BETT IM WALTER-REED-KRANKENHAUS ERHEBEN ...
... WIRD ER EIN AMERIKA VORFINDEN, DAS KAUM NOCH DEM ÄHNELT, DAS ER WIE EIN KÖNIG BEHERRSCHTE.

P·A·X
HALTEN SIE DRAUF, WASHINGTON ... DIE JUNGS STECKEN IN DER KLEMME ...
ALLES KLAR, CAPTAIN.
P·A·X
JETZT MÜSSTEN SIE DOCH DIREKT DARÜBER SEIN ... ALSO LOS ...
JA, CAPTAIN.

UND SAGEN SIE IHNEN, **MORETTI** HAT SIE GESCHICKT, BABY.
SIE **WISSEN**, DASS WIR UNS AUF SIE **VERLASSEN**.
O.K., CAPTAIN.

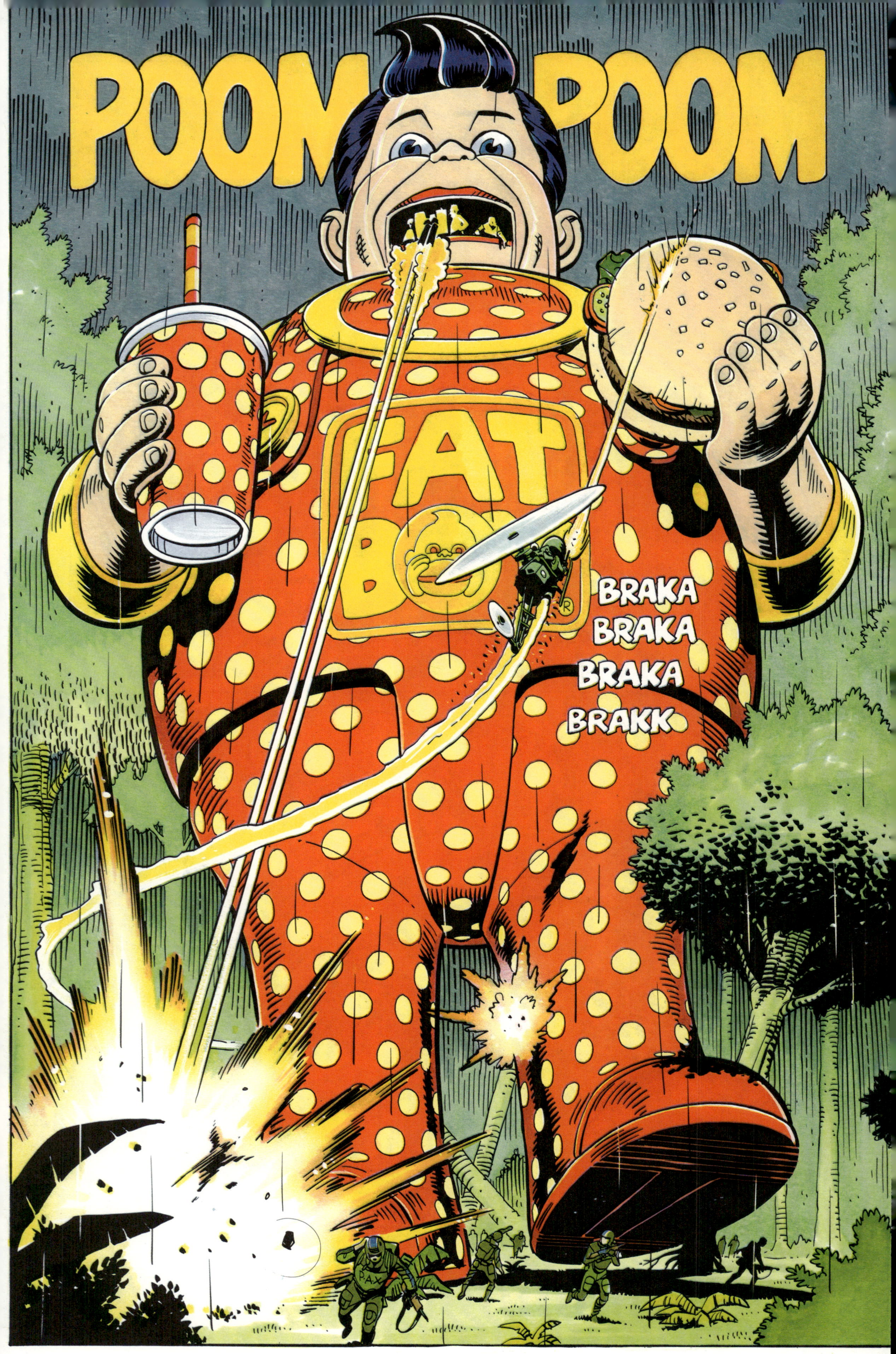
POOM POOM
FAT BOY
BRAKA
BRAKA
BRAKA
BRAKK

BIN JETZT DRAN.
FEUER FREI...
POOM POOM

O NEINNNN...
SQUSSH
SCHEISSE!
.. OOAAGGGGG
FEIERT SPÄTER... DIE GEBEN NICHT SO SCHNELL AUF...
KÖPFE HOCH... EIN ANGRIFF...

...VON OBEN...
IN DECKUNG!
BOOOM
PAX
...BEIM VIERTEN ATTENTATSVERSUCH DES ARISCHEN SPEERES AUF PRÄSIDENT NISSEN IN DIESER WOCHE.
DIE MILITANTE SCHWULE RASSISTEN-GRUPPE HAT RACHE FÜR DIE ZUFÄLLIGE EINÄSCHERUNG IHRER FESTUNG IN DEN APPALACHEN DURCH EINE LASERKANONE GESCHWOREN.
...EIN UNGLÜCKSFALL, DER VOM GESUNDHEITSMINISTER BEGRÜSST WURDE.
DIESES LAND IST BRANDIG. VERGIFTET. SEINE BERGE SIND EITERNDE WUNDEN. SEINE BÜRGER SIND MUTIERENDE BAKTERIEN.
LASER-CHIRURGIE IST GENAU DAS, WAS AMERIKA BRAUCHT.
DER GESUNDHEITSMINISTER HAT DIE GESUNDHEITSPOLIZEI BEAUFTRAGT, DIE APPALACHEN ZU „DESINFIZIEREN". BISLANG WURDEN KEINE VERLUSTE GEMELDET...
EIN SEX-SKANDAL ERSCHÜTTERT DEN VATIKAN. DANACH:

MANCHMAL ÜBERKOMMT'S MICH EINFACH, UND ICH MUSS WEINEN...
KÖNNTE ICH DOCH NUR MIT MOM SPRECHEN. SIE HAT NIE ANGST.
ICH BRAUCHE MOM, UND STATT DESSEN TAUCHT DIESE KATZE AUF.
DIESE GROSSE KATZE. EIN PANTHER.
ALS ICH SIE ZUM ERSTEN MAL SAH, MUSSTE ICH FAST KOTZEN. ABER SIE SAH MICH NUR AN UND SCHLICH WIEDER DAVON.
GHHAAA
ICH SAGTE, KEINE VERBRÜDERUNGEN UNTER OFFIZIEREN.
HABEN WIR UNS VERSTANDEN, MEINE HERREN?
DIE SCHMETTERLINGE GEHEN AN MEINE TANTE CLAIRE IN BOSTON... SIE WERDEN IHR GEFALLEN...
...UND DIESER KLEINE AFFE IST FÜR MEINEN ALTEN KUMPEL BIFF...
SERGEANT! WAS FÜR EINE ÜBERRASCHUNG!
JAWOHL, SIR. SOFORT, SIR.
BITTE, SIE UNTER VIER AUGEN ZU SPRECHEN, CAPTAIN.
ICH GEH DANN MAL... ABER DAS NÄCHSTE SPIEL GEHT AN MICH, STANLEY!
WEGEN IHRES VERSETZUNGSGESUCHS, SERGEANT? TUT MIR LEID. WIR BRAUCHEN SIE HIER AN DER FRONT.
IHRE SCHULD, WENN SIE SO STREBSAM SIND.
ICH HABE NICHTS GEGEN DIE KÄMPFE, SIR. ES IST WEGEN DER MÄNNER.
ICH BIN DER EINZIGE OFFIZIER IN DER VIERTEN KORPORALSCHAFT, DER NICHT DIREKT AUS EINER TODESZELLE KOMMT.

SIE GEBEN IHNEN ZUNDER, WAS? TUT MIR LEID, PUPPE, DU MUSST DICH EINFACH DURCHSETZEN.
DARF ICH GANZ ... OFFEN SPRECHEN, SIR?
ICH HABE DEN MUND GEHALTEN. ICH HABE KEINEM GESAGT, WIE SIE UNS VERRATEN HABEN.
THWAKK
DAS WÄRE ALLES, SERGEANT.
KHAFFF
ICH WILL IHN UMBRINGEN.
DIESMAL BESCHNÜFFELT SIE MICH.
...EINE DATENANALYSE VON NEWS TWELVE ERGAB, DASS DIE LASERKANONE AUFGRUND EINES EXPERIMENTELLEN BEFEHLSSYSTEMS FALSCH REAGIERTE...
...BEI DEM ÜBERSINNLICH BEGABTE SCHIZOPHRENE BUCHSTÄBLICH MIT DER COMPUTERSOFTWARE VERKABELT WERDEN.
DEMNÄCHST: SIEGREICHE PAX-TRUPPEN NUTZEN IHREN VORTEIL UND GREIFEN DIE FAT-BOY-VIEHWEIDEN AM RAND DES AMAZONAS AN...

KEINE SPUR VON IHNEN ... SIE HABEN SICH ZURÜCKGE-ZOGEN...
O GOTT... DIE KÜHE !... SIE SIND VERMINT !
ICH WERDE DEN WALD VERMISSEN.
DIE KÄMPFE WA-REN BESCHISSEN.
ABER DEN WALD WERDE ICH VERMISSEN.
SCHNELLER SERGEANT.
WIR ZIEHEN AB.
WIR ALLE ZIEHEN AB.
DER KRIEG IST VORBEI.
DER KRIEG IST VORBEI.
VORBEI...

MOM HAT FOTOS VON NEW YORK, BEVOR DIE EISKUPPEN SCHMOLZEN UND DAS MEER ANSTIEG.
WENIGSTENS KÜMMERN SIE SICH JETZT UM DIE STATUE. AUF DEN ALTEN FOTOS SAH SIE ZIEMLICH RUNTERGEKOMMEN AUS.
ICH MUSS MOM EINE POSTKARTE DAVON BESORGEN.
JULY IV MDCCLXXVI
PAX
P·A·X

ER VERLEIHT MORETTI NOCH EINEN ORDEN. UND BEFÖRDERT IHN ... ZUM COLONEL.
MIR GIBT ER NOCH EINEN ORDEN.
ER HAT TRAURIGE AUGEN. ER HÖRT ABER GENAU ZU, ALS ICH IHM VOM GREEN ERZÄHLE.
... CABRINI GREEN. ICH WURDE DORT GEBOREN.
SIE NENNEN ES EIN WOHNUNGSBAUPROJEKT, ABER ES IST EIN GEFÄNGNIS ...
SCHRECKLICH. MEIN GOTT. WENN DAS STIMMT ...
... BLEIBT ES NICHT STEHEN. KEINEN TAG MEHR.
DAS VERSPRECHE ICH IHNEN, SERGEANT.

CABRINI GREEN
LOWER INCOME
HOUSING FACILITY
P·A·X
MOM.
ICH MAG DEN PRÄSIDENTEN.
DEN NEUEN, MEINE ICH.
CTA
MACH DIR KEINE **SORGEN**, MOM ... NICHT UM ***MICH***.
SIE HABEN GESAGT, ICH MUSS NICHT MEHR VON ZU HAUSE **WEG**. NIE **WIEDER**.

2011

Zehn Minuten bis zum Andocken. Abbremsung einleiten. Keine Fehlfunktionen. Andocksysteme überprüfen. Alle Systeme gesichert.
ETWAS BLOCKIERT UNSER BUG-SICHTFENSTER, COMPUTER.
ICH GEHE RAUS UND REGLE DAS.

Verstanden, Sergeant. Autopilot eingeschaltet. Öffne Luftschleuse.
ANSCHEINEND SEID IHR UNSEREM BEGRÜSSUNGSKOMITEE BEGEGNET, WAS, LEUTE?
DANN WISST IHR WENIGSTENS, DASS WIR ES ERNST MEINEN.
JA. ICH VERSTEHE.

JETZT LACHT IHR NICHT MEHR ÜBER DEN ARISCHEN SPEER, WAS?
JETZT, DA WIR UNSERE HEILIGE RACHE AUSÜBEN KÖNNEN.
ES WAR EIN FEHLSCHUSS. EIN FEHLER. ES TUT UNS LEID. DER PRÄSIDENT HAT SEIN TIEFSTES BEDAUERN ZUM AUSDRUCK GEBRACHT.

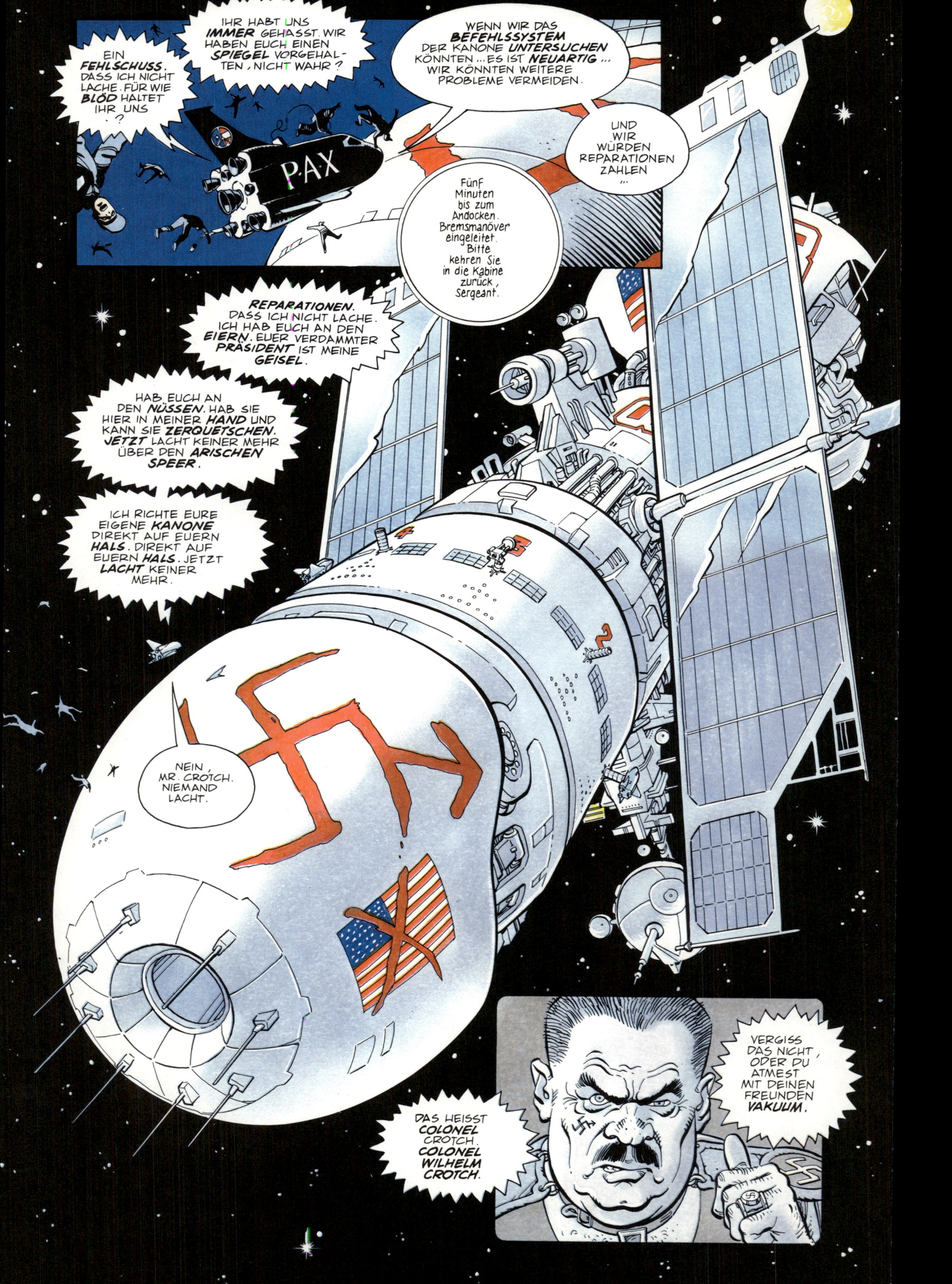
EIN FEHLSCHUSS. DASS ICH NICHT LACHE. FÜR WIE BLÖD HALTET IHR UNS ...?
IHR HABT UNS IMMER GEHASST. WIR HABEN EUCH EINEN SPIEGEL VORGEHALTEN, NICHT WAHR?
PAX
WENN WIR DAS BEFEHLSSYSTEM DER KANONE UNTERSUCHEN KÖNNTEN ... ES IST NEUARTIG ... WIR KÖNNTEN WEITERE PROBLEME VERMEIDEN.
UND WIR WÜRDEN REPARATIONEN ZAHLEN ...
Fünf Minuten bis zum Andocken. Bremsmanöver eingeleitet. Bitte kehren Sie in die Kabine zurück, Sergeant.
REPARATIONEN. DASS ICH NICHT LACHE. ICH HAB EUCH AN DEN EIERN. EUER VERDAMMTER PRÄSIDENT IST MEINE GEISEL.
HAB EUCH AN DEN NÜSSEN. HAB SIE HIER IN MEINER HAND UND KANN SIE ZERQUETSCHEN. JETZT LACHT KEINER MEHR ÜBER DEN ARISCHEN SPEER.
ICH RICHTE EURE EIGENE KANONE DIREKT AUF EUERN HALS. DIREKT AUF EUERN HALS. JETZT LACHT KEINER MEHR.
NEIN, MR. CROTCH. NIEMAND LACHT.
DAS HEISST COLONEL CROTCH. COLONEL WILHELM CROTCH.
VERGISS DAS NICHT, ODER DU ATMEST MIT DEINEN FREUNDEN VAKUUM.

SEHT IHR, WORAUF WIR SIE GERICHTET HABEN?
ICH SAGE DAS WORT... ICH FLÜSTERE DAS WORT, UND WASHINGTON IST EIN KRATER. ALSO KEINEN SCHEISS.
JA. ICH VERSTEHE.
GIB MIR DIE VERDAMMTE KNARRE, DU HURE!
UND AUCH DAS SCHWERT, ODER ICH BRECH DIR DEN HALS.
ICH NEHME DIE TASCHE, SESSELFURZER!
ICH SAGTE, HER MIT DEM SCHWERT.
HAST 'NEN NIGGER MITGEBRACHT, WAS? WIE HEISST DU, NIGGER?
SIE WISSEN, DASS SIE DIESES DING HIER NICHT ABSCHIESSEN KÖNNEN.
DIE KUGELN WÜRDEN EINE WAND DURCHBOHREN. ALLES WIRD RAUSGEBLASEN.
SCHIESSEN SIE, UND SIE BEGEHEN SELBSTMORD.

SIE HABEN BEI DER CREW MESSER BENUTZT, WAS? KLINGEN SIND DIE EINZIG SICHEREN WAFFEN HIER DRAUSSEN.
PISTOLEN SIND NUTZLOS, NICHT MEHR, NICHT WENIGER.
ICH SAGTE, KEINEN SCHEISS.
DANGER
SHKK
ER STIRBT...
CHAKK
HAB DICH GEWARNT...
BLAMM
HHKK.
JA. ICH VERSTEHE.
WAS. WAS.
VER-DAMMT...
SHKK
VERDAMMTE SCHEISSE...
GYAAA
HGGN
SHAKK
ICH SAG DAS WORT...
WAS. WAS.

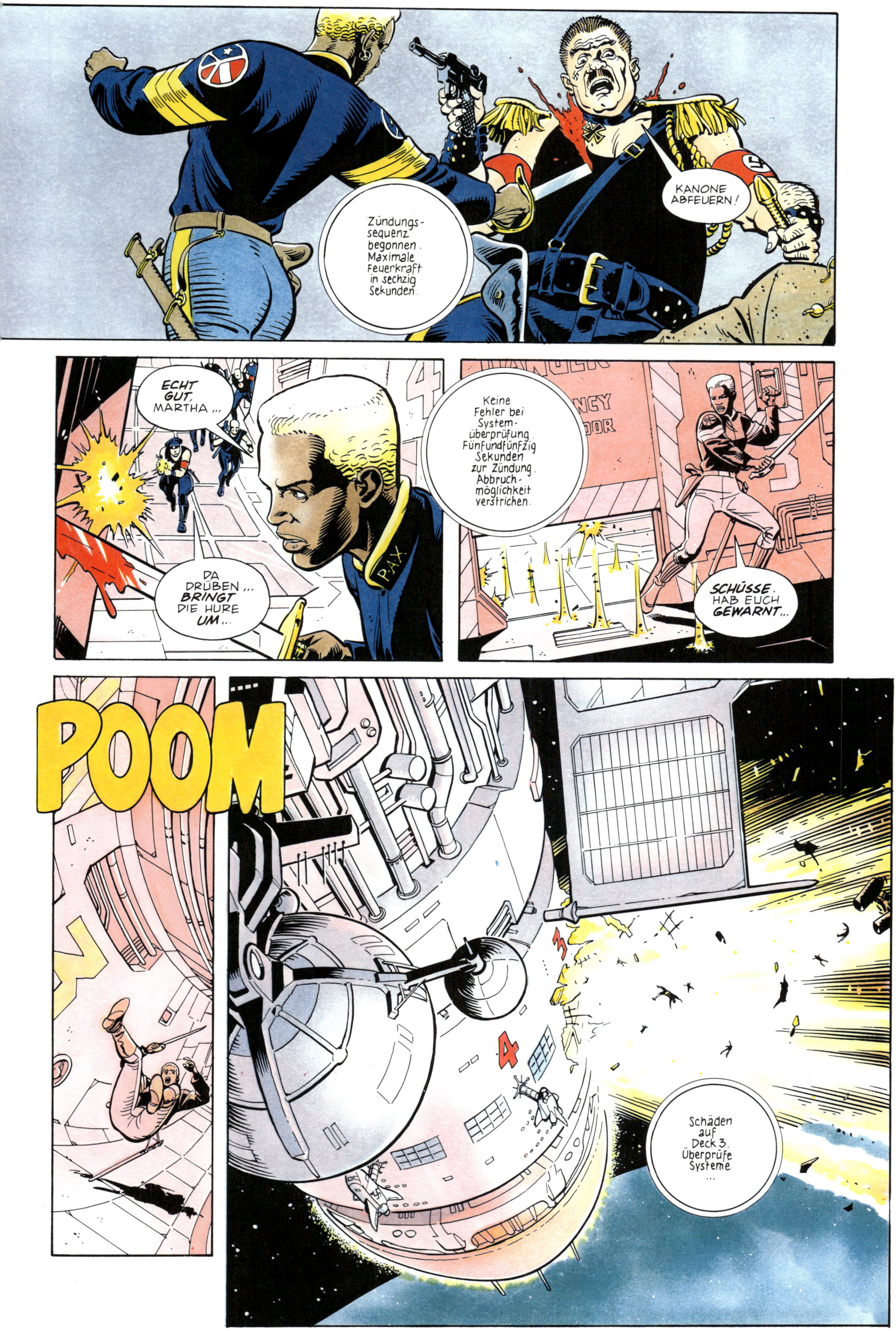
Zündungssequenz begonnen. Maximale Feuerkraft in sechzig Sekunden.
KANONE ABFEUERN!
ECHT GUT, MARTHA ...
DA DRÜBEN ... BRINGT DIE HURE UM ...
Keine Fehler bei Systemüberprüfung. Fünfundfünfzig Sekunden zur Zündung. Abbruchmöglichkeit verstrichen.
SCHÜSSE. HAB EUCH GEWARNT ...
POOM
Schäden auf Deck 3. Überprüfe Systeme ...

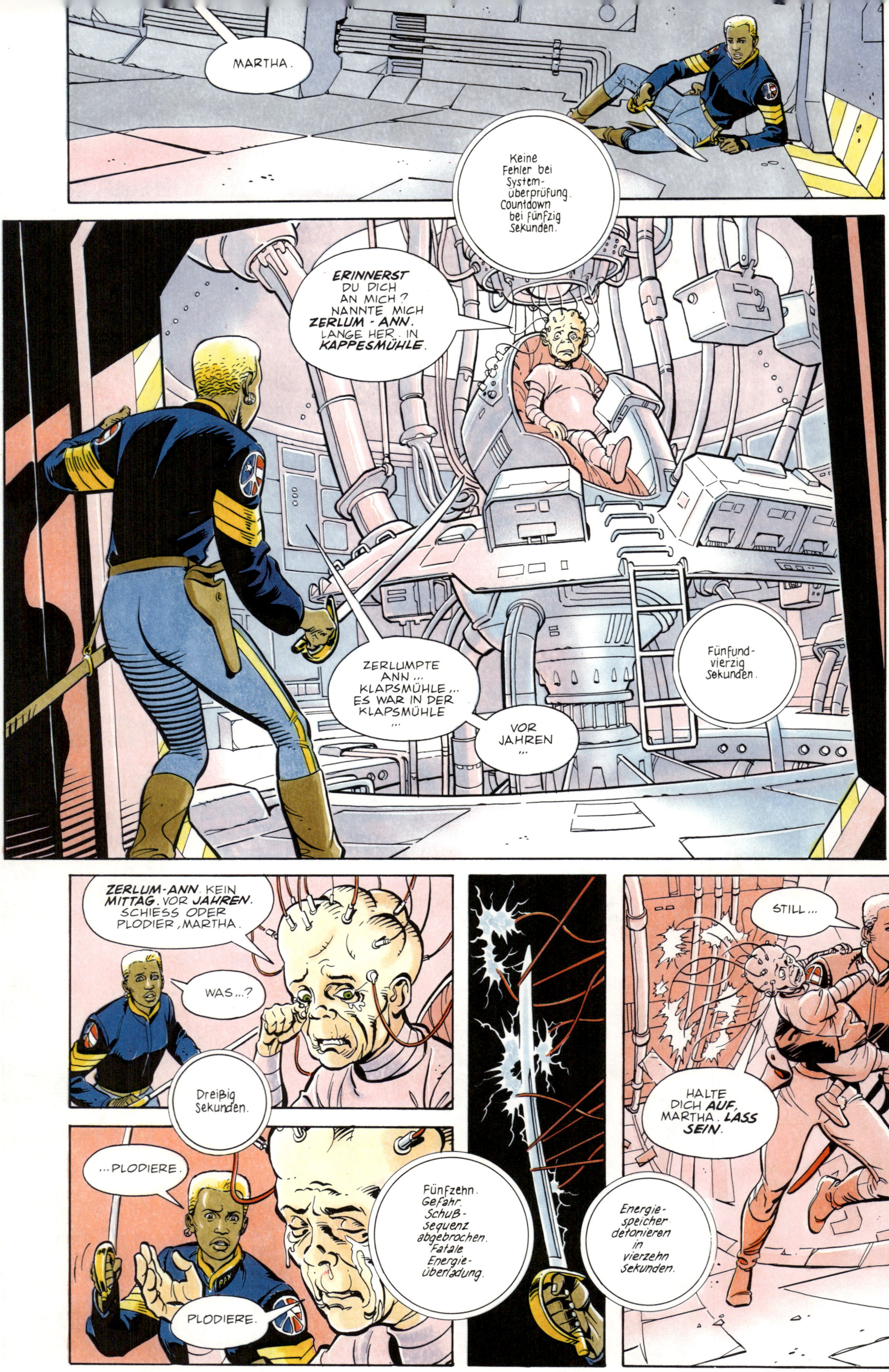
MARTHA.
Keine Fehler bei Systemüberprüfung. Countdown bei fünfzig Sekunden.
ERINNERST DU DICH AN MICH? NANNTE MICH ZERLUM - ANN. LANGE HER. IN KAPPESMÜHLE.
ZERLUMPTE ANN ... KLAPSMÜHLE ... ES WAR IN DER KLAPSMÜHLE ...
VOR JAHREN ...
Fünfundvierzig Sekunden.
ZERLUM-ANN. KEIN MITTAG. VOR JAHREN. SCHIESS ODER PLODIER, MARTHA.
WAS ...?
Dreißig Sekunden.
... PLODIERE.
PLODIERE.
Fünfzehn. Gefahr. Schuß-Sequenz abgebrochen. Fatale Energieüberladung.
Energiespeicher detonieren in vierzehn Sekunden.
STILL ...
HALTE DICH AUF, MARTHA. LASS SEIN.

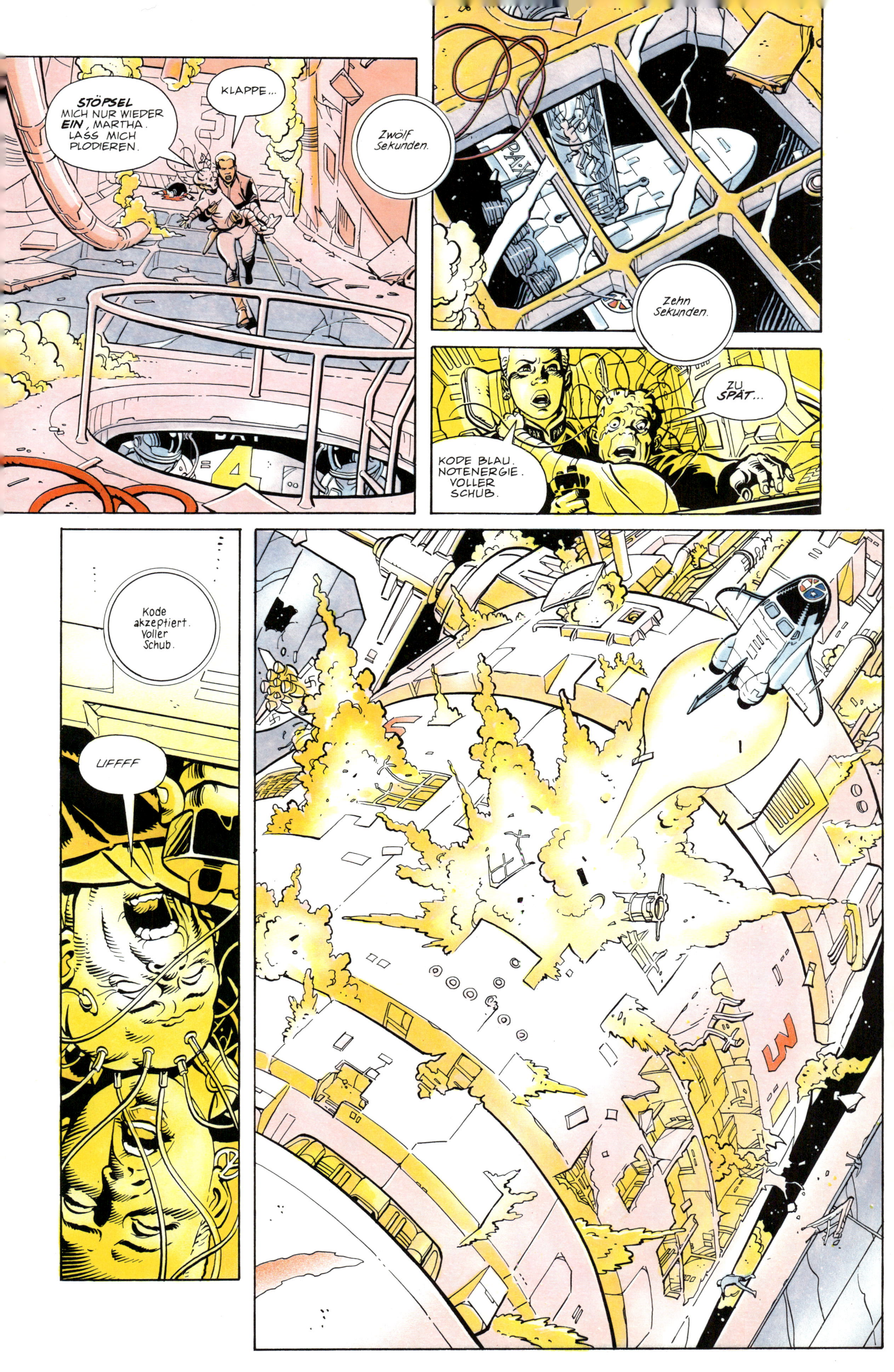
STÖPSEL MICH NUR WIEDER EIN, MARTHA. LASS MICH PLODIEREN.
KLAPPE...
Zwölf Sekunden.
Zehn Sekunden.
ZU SPÄT...
KODE BLAU. NOTENERGIE. VOLLER SCHUB.
Kode akzeptiert. Voller Schub.
UFFFF

PAX
SYSTEM-ZUSAMMENBRUCH BEI **SHUTTLE VIER-NULL-NEUN**... ES STÜRZT **AB**...
P·A·X

SERGEANT WASHINGTON HATTE KAUM EINE **CHANCE**, COLONEL.
GERADE SECHZEHN JAHRE ALT. EINE ... UNGEWÖHNLICHE WAHL FÜR EINE SO GEFÄHRLICHE MISSION.
MEINE WAHL, CAPTAIN. UND EINE GUTE. SIE HAT DIE KANONE ZERSTÖRT.
SCHADE, DASS WIR SIE VERLIEREN. WISSEN SIE, WIR HABEN GEMEINSAM GEDIENT ...
BEIM AMAZONAS-EINSATZ ...
SIR ... DAS **TRIEBWERK** ... WIR HABEN EINEN **HAARRISS** ...
KBLAMM

AUFPRALL. SIE IST UNTEN.
WARTEN SIE...
IHR HAUPTTRIEBWERK WIRD HOCHGEHEN... WASHINGTON IST ERLEDIGT...
WHFFF

PAK
PAK
SIE HAT DEN SHUTTLE VERLASSEN... AUF IHREN FÜSSEN...
FEUER IN DER TREIBSTOFFZUFUHR ... DER SHUTTLE EXPLODIERT...
SIE LÄUFT... HAT IHREN BUCKMINSTER DABEI... SIE HAT EINE CHANCE ...
PAK
PAK
PAK

OH, NEIN. OH, GOTT ...
ALLE EINHEITEN ZURÜCKZIEHEN. SOFORT. IHR HABT DIE GRENZE ÜBER-SCHRITTEN. DIE APACHEN...
WEG VON HIER ... WEG HIER ...
FEUER NICHT ERWIDERN.
OH, SCHEISSE...

PFOOM
MARTHA... STEH AUF... NICHT IN URWALD. KEIN REGEN.
KEINE ZEIT FÜR ERINNERUNGEN, MARTHA. WACH AUF. ES KOMMT JEMAND.
MORETTI, DU ARSCHLOCH!
NNFF. WAS?... WER...?
MARTHA.

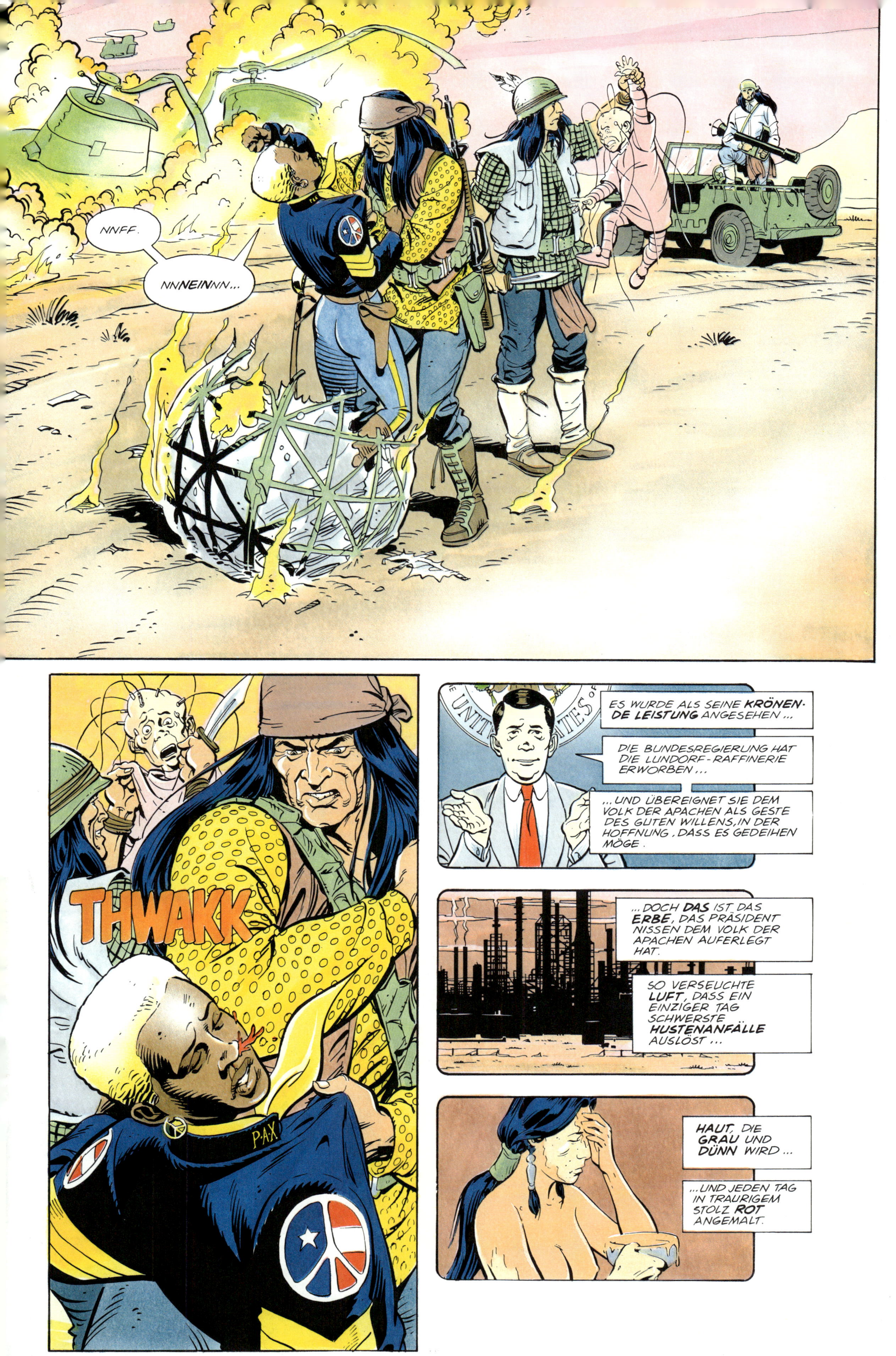
NNFF.
NNNEINNN...
THWAKK
ES WURDE ALS SEINE KRÖNENDE LEISTUNG ANGESEHEN ...
DIE BUNDESREGIERUNG HAT DIE LUNDORF-RAFFINERIE ERWORBEN ...
... UND ÜBEREIGNET SIE DEM VOLK DER APACHEN ALS GESTE DES GUTEN WILLENS, IN DER HOFFNUNG, DASS ES GEDEIHEN MÖGE.
... DOCH DAS IST DAS ERBE, DAS PRÄSIDENT NISSEN DEM VOLK DER APACHEN AUFERLEGT HAT.
SO VERSEUCHTE LUFT, DASS EIN EINZIGER TAG SCHWERSTE HUSTENANFÄLLE AUSLÖST ...
HAUT, DIE GRAU UND DÜNN WIRD ...
... UND JEDEN TAG IN TRAURIGEM STOLZ ROT ANGEMALT.

... EIN **VOLK** ... EINE **RASSE**, DIE LANGSAM AN **LUNGENKRANKHEITEN** STIRBT.
E PLURIBUS UNUM
PRESIDENT OF THE UNITED STATES
MEMOIREN EINES AMERIKANISCHEN PRÄSIDENTEN.
7. DEZEMBER 2011.
SELBST DIE **HINGEBUNGSVOLLSTEN** UNTERSTÜTZER PRÄSIDENT NISSENS ZÄHLEN DAS APACHEN-PROBLEM ZU SEINEN VIELEN **FEHLSCHLÄGEN** ...
ES IST SPÄT, UND ICH BIN MÜDE.
MÜDE ...
GLUGG.
DIESES WORT KANN DIE KNOCHENTIEFE, SEELENTIEFE ERSCHÖPFUNG KAUM BESCHREIBEN ...
... SECHZIGTAUSEND AMERIKANER IM AMAZONAS-KRIEG GEFALLEN ...
... DIE MICH AM ENDE EINES JEDEN TAGES WIE TOT ZURÜCKLÄSST ...
ABER IRGENDWIE MACHE ICH WEITER, TROTZ ALLEM ...
ICH MUSS WEITERMACHEN ...
WÄHRUNGSVERFALL ...
... MUSS DEM SCHICKSAL TREU BLEIBEN, DASS SICH SO SCHWER ÜBER MEINE SCHULTERN ...
... AUF MEINE SCHULTERN GELEGT HAT ...
SCHEISSE ...
GOTTVERDAMMTE **SCHEISSE** ...
GLUGG.
DU HATTEST ES NIE SO SCHWER.

DU HATTEST NUR EINEN FEIND ... NUR EINEN ...
... NUR EINE BANDE RASSISTISCHER KAPITALISTEN, DIE SOWIESO NIE EINE CHANCE GEGEN DICH GEHABT HÄTTEN.
DU HATTEST KEINE STABSMITGLIEDER, DIE DICH VOR LAUFENDEN KAMERAS EINEN TYRANNEN NENNEN ...
DU MUSSTEST NICHT DIE UMWELT VON JAHRHUNDERTEN DES MISSBRAUCHS BEFREIEN ...
BEI DIR SAGTE KEINER, DU HÄTTEST EIN NEUES VIETNAM GESCHAFFEN, ALS DU ES VERSUCHTEST.
HAUSWIRTSCHAFT... SEINE FLASCHE IST LEER.
DU HATTEST ES NICHT MIT SIEBENUNDDREISSIG SEPARATISTENBEWEGUNGEN ZU TUN, DIE DEINE NATION ZERREISSEN ...
MIT SENATOREN, DIE DEINE ERMORDUNG PLANEN ...
UND DIE AFRIKANER ...
ICH SCHICKTE PAX LOS, UM DIE APARTHEID EIN FÜR ALLEMAL ABZUSCHAFFEN ...
... UND SIE SEHEN NUR DEN KRIEG UND DIE TOTEN.
WIE SIE REDEN, KÖNNTE MAN GLAUBEN, ICH SEI HITLER ...
ER SCHLÄFT. BRINGT IHN ZU BETT.

Apachen-Sonnenuntergang

Armut und Verzweiflung in der Apachen-Nation

von Lisa Nordik

Tanzendes Kaninchen, vier Jahre alt, steht über einem Ölfaß, gefüllt mit einer hellroten Flüssigkeit von der Beschaffenheit von Kreosot. Sie taucht einen schmutzigen Lappen in die Mischung und reibt ihn dann über ihr aknegezeichnetes Gesicht, die eingefallene Brust, den angeschwollenen Leib. Bald hat sie mehr oder weniger die Hautfarbe ihrer Apachen-Vorfahren.

Dieses traurige, seltsame Ritual wird jeden Morgen von allen Mitgliedern der Apachen-Nation vollzogen, bevor sie dann zu ihren Posten in der fünfzig Jahre alten Lundorf-Raffinerie gehen. Die Raffinerie ist eine schändliche Antiquität, die noch nicht einmal über die rudimentärsten Luftreinigungstechniken verfügt. Sie spuckt purpurschwarzen Rauch in den einst so schönen Himmel des mexikanischen Territoriums.

Verlorener Stolz, verlorene Hoffnung: *Ein Apachenmädchen bemalt sein Gesicht*

Man befindet sich keine zwei Minuten dort, und er brennt in den Augen. Der Mund füllt sich mit einem schrecklichen, öligen Geschmack. Nach einem Jahr in der Raffinerie leiden vierzig Prozent der Arbeiter unter den verschiedensten, bislang undiagnostizierten und unbehandelten Lungenkrank-

Nichts zu verlieren: *Rotfeders zornige Armee*

Doch aufgrund der zunehmenden Verbreitung der Sonnenkraft in den USA stehen die ölproduzierenden Staaten der Erde vor dem finanziellen Zusammenbruch, und mit ihnen hat sich auch Rotfeders kühner Traum in ölschwarze Verzweiflung verwandelt.

Vor dem Hungertod stehend, aber bis an die Zähne bewaffnet: Ein Präsidentendekret schützt die Apachen vor allen Übergriffen der PAX. Der PAX ist sogar verboten, etwaiges Feuer des kriegerischen Stammes zu erwidern. Nichtsdestotrotz hat Rotfeder eine Miliz gebildet – und Beobachter befürchten, daß Rotfeder einmal

Ein verzweifelter, wütender Häuptling: *Auf dem Kriegspfad?*

heiten. Von den verehrten Stammesältesten sind nicht mehr viele übrig. Die meisten sind Blut spuckend gestorben.

Rotfeders Traum: Der stattliche junge Führer der Apachen-Nation erweckte im ganzen Land Hoffnung für sein Volk und ließ es zu Aufruhr und Protesten kommen, als er am 20. Juli 2009 mit einhundert Kriegern die Raffinerie besetzte. Er berief sich auf einen zweihundert Jahre alten Vertrag, der das Land, auf dem die Raffinerie erbaut wurde, seinem Volk zusprach. Nachdem Präsident Nissen letztes Jahr auch seine Unterschrift unter diesen Vertrag setzte, sah der Stamm der kulturellen und wirtschaftlichen Unabhängigkeit entgegen.

SIE TUN MIR ODER ZERLUM-ANN NICHTS... SIE GEBEN UNS ZU ESSEN ...
SCHLANGEN-FLEISCH, DAS NACH ÖL SCHMECKT, ABER SIE GEBEN UNS ZU ESSEN...
SIE SCHUBSEN MICH HERUM, STELLEN MICH ZUR SCHAU. FÜR DIE FRIEDENSTRUPPE.
SIE GLAUBEN, SIE BEKOMMEN LÖSEGELD FÜR MICH ...
ALLE PAAR TAGE ÜBERHÄUFEN SIE MICH MIT FRAGEN ÜBER IHRE COMPUTER.
HATTE IM GREEN EIN BESSERES SYSTEM. DAS HIER WURDE GEBAUT, BEVOR ICH GEBO-REN WURDE. ES TAUGT NICHTS.

MMMFF
STARKER KÖRPER. WUNDERSCHÖN IM MOND-SCHEIN.

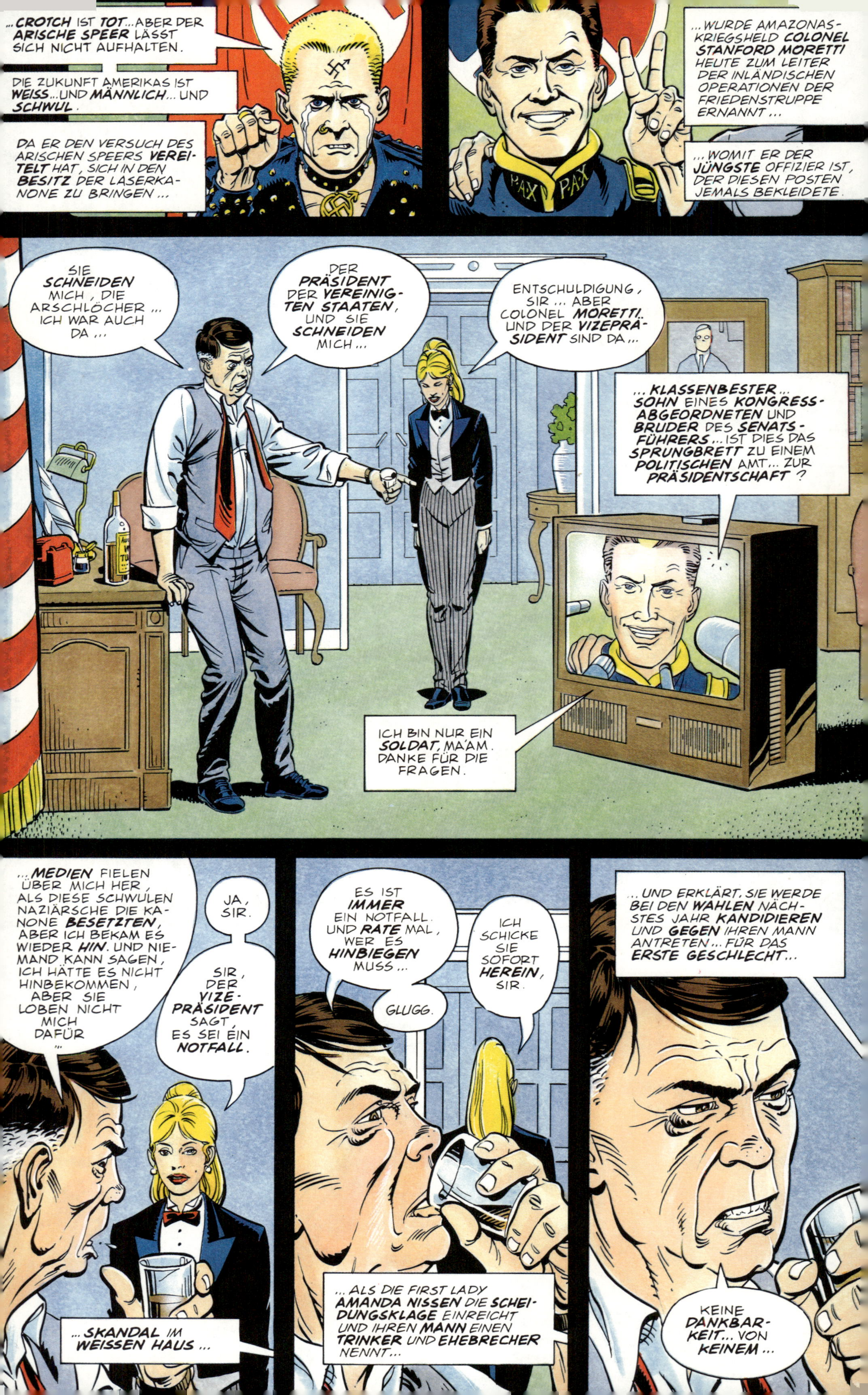

...CROTCH IST TOT...ABER DER ARISCHE SPEER LÄSST SICH NICHT AUFHALTEN.
DIE ZUKUNFT AMERIKAS IST WEISS...UND MÄNNLICH... UND SCHWUL.
DA ER DEN VERSUCH DES ARISCHEN SPEERS VEREITELT HAT, SICH IN DEN BESITZ DER LASERKANONE ZU BRINGEN...
...WURDE AMAZONAS-KRIEGSHELD COLONEL STANFORD MORETTI HEUTE ZUM LEITER DER INLÄNDISCHEN OPERATIONEN DER FRIEDENSTRUPPE ERNANNT...
...WOMIT ER DER JÜNGSTE OFFIZIER IST, DER DIESEN POSTEN JEMALS BEKLEIDETE.
PAX
PAX
SIE SCHNEIDEN MICH, DIE ARSCHLÖCHER... ICH WAR AUCH DA...
DER PRÄSIDENT DER VEREINIGTEN STAATEN, UND SIE SCHNEIDEN MICH...
ENTSCHULDIGUNG, SIR... ABER COLONEL MORETTI.. UND DER VIZEPRÄSIDENT SIND DA...
...KLASSENBESTER... SOHN EINES KONGRESSABGEORDNETEN UND BRUDER DES SENATSFÜHRERS... IST DIES DAS SPRUNGBRETT ZU EINEM POLITISCHEN AMT... ZUR PRÄSIDENTSCHAFT?
ICH BIN NUR EIN SOLDAT, MA'AM. DANKE FÜR DIE FRAGEN.
...MEDIEN FIELEN ÜBER MICH HER, ALS DIESE SCHWULEN NAZIÄRSCHE DIE KANONE BESETZTEN, ABER ICH BEKAM ES WIEDER HIN. UND NIEMAND KANN SAGEN, ICH HÄTTE ES NICHT HINBEKOMMEN, ABER SIE LOBEN NICHT MICH DAFÜR...
JA, SIR.
SIR, DER VIZEPRÄSIDENT SAGT, ES SEI EIN NOTFALL.
...SKANDAL IM WEISSEN HAUS...
ES IST IMMER EIN NOTFALL. UND RATE MAL, WER ES HINBIEGEN MUSS...
GLUGG.
ICH SCHICKE SIE SOFORT HEREIN, SIR.
...ALS DIE FIRST LADY AMANDA NISSEN DIE SCHEIDUNGSKLAGE EINREICHT UND IHREN MANN EINEN TRINKER UND EHEBRECHER NENNT...
...UND ERKLÄRT, SIE WERDE BEI DEN WAHLEN NÄCHSTES JAHR KANDIDIEREN UND GEGEN IHREN MANN ANTRETEN... FÜR DAS ERSTE GESCHLECHT...
KEINE DANKBARKEIT... VON KEINEM...

MEDIZIN ... ER HAT SICH GESCHNITTEN ...
HAUS-WIRTSCHAFT ... ER BRAUCHT EIN NEUES FERNSEH-GERÄT ...
... EINE UNMITTELBARE BEDROHUNG UNSERER NATIONALEN SICHERHEIT, MR. PRESIDENT ... ICH BRAUCHE IHREN BEFEHL ZUM EINGREIFEN.
GUT. WO SOLL ICH UNTER-SCHREIBEN ?
AUGENBLICK MAL, HOWARD ... DER COLONEL WILL NICHT NUR EINEN GUTEN PAX-OFFIZIER TÖTEN ...
... SONDERN EINEN UNGLAUBLICHEN VÖLKERMORD BEGEHEN.
WIR VERHANDELN MIT DEN APACHEN ... WIR MACHEN FORTSCHRITTE ...
DIESE REGIERUNG DARF DEM TERRORISMUS KEINEN ZENTIMETER WEICHEN.
HÖRT MAL, MACHT DAS DOCH UNTER EUCH AUS. ICH BIN MÜDE.
NEIN, SIR, DAS GEHT NICHT ... DER COLONEL VERSUCHT, SIE ZU MANIPULIE-REN ...
HÄNDE WEG ... SCHEISSE, MEIN HEMD ... GROSSER GOTT ... SEHNSE SICH MEIN HEMD AN ...
ER RECHNET DAMIT, DASS SIE SO BETRUNKEN SIND, DASS SIE NICHT WISSEN, WAS SIE TUN!
WAS ICH ALLES FÜR EUCH GETAN HAB ... UND JETZT SCHPRECHT IHR SO MIT MIR ... O GOTT ... WAS ICH ALLES AUF DEN SCHULTERN HAB, O GOTT ...
SIE WARNNE NULL ... MAN HÄTT SIE NICH MAL ZUM HUNDEFÄNGER GEWÄHLT ... WIE IHR ALLE ... O GOTT ...
GEBEN SIE MIR DIE FLASCHE, SIR.

MEINE FLASCHE... ES IST IMMER NOCH MEINE FLASCHE... ABER ICH GEBE IHNEN MEINE FLASCHE...
SKRESSH
SIR, SIE WERDEN SICH NOCH DAMIT VERLETZOOA-AGGGG GGG
SHUNKK
GGGLLAAHHH
GIB DER MEIN FLESCH, DU ARSCH...
MÜDE. WILL SCHLAFEN.
UNTERSCHREI-BEN SIE HIER, MR. PRESIDENT, DANN KÖNNEN SIE SCHLA-FEN.
PRESIDENT
HAUS-WIRTSCHAFT... ER HAT JEMANDEN UMGEBRACHT... RÄUMEN SIE AUF...
...UND BRINGEN SIE IHM EINE NEUE FLASCHE.

KAFF
HAB NIE ZUVOR GEHUSTET... NOCH NIE IM LEBEN ...
ICH MUSS HIER RAUS.
KEINE RÜCKTEN ODER PARANODEN. NIX ZU FUTTERN.
SCHIZO-PHRENE. HÖREN INNEN.
ZEIT WIE EI. HÖRT INNEN.
LIMBIKON KEIN FLOP AUF KANONE.
DRAHT-KÖPFE WIE ZERLUM-ANN SPRECHEN. ZU. AUS. INOUTPUT. SPRECHEN. KÖNNEN HÖREN DRAHT-KÖPFE.
NAZIFEUER KEIN FLOP. DRAHTKÖPFE STIMMEN ZU. DRAHTKÖPFE STIM-MEN ZU, NAZIFEUER ZU MACHEN. NIX ZU FUTTERN.
KEIN ZIELSUCH. DRAHTKÖPFE KEIN FLOP.

NGG
NGGNEI...

WHHNGG
BREKK
NFF
HAGG
KBLAMM
THOK
THNKK

BLAM
MISTKERL ... ICH BRING DICH UM ...
MISTK...
THNKK
BLAM
EINE KATZE.
NATÜRLICH.

DIE TEXTER HABEN DIE GANZE NACHT ÜBER GEARBEITET, MR. PRESIDENT. IHRE REDE IST FERTIG.
UHNNN... IST ETWAS PASSIERT?
NACH DER ERMORDUNG VIZEPRÄSIDENT ESTEVEZ' DURCH APACHEN-TERRORISTEN HAT PRÄSIDENT NISSEN EINE NACHRICHTENSPERRE ÜBER DAS MEXIKANISCHE TERRITORIUM VERHÄNGT...
...UND EINE SCHNELLE, ENTSCHLOSSENE LÖSUNG DER APACHEN-KRISE VERSPROCHEN.
NISSEN LEHNTE ES AB, EINE MILITÄRISCHE INTERVENTION AUSZUSCHLIESSEN.
DU BIST NUR EIN KLEINER FISCH, WASHINGTON. MEIN SCHNELLER SCHACHZUG WIRD DIESEN DUMMEN SÄUFER VON PRÄSIDENT RUINIEREN...
...UND MICH ZUM MÄCHTIGSTEN ARSCHLOCH AUF DIESEM PLANETEN MACHEN...
MORETTI?
NUR EIN KLEINER FISCH... ABER EIN VERDAMMT KÖSTLICHER...
IN DER SEKUNDE, ALS DU MIR DAS BAJONETT ZWISCHEN DIE RIPPEN GESTOSSEN HAST, HABE ICH GESCHWOREN, DASS DU DAFÜR STERBEN WIRST...
...UND DA WAR NISSEN, DER DICH ZUM MEDIENEREIGNIS MACHEN WOLLTE. „SIE IST PERFEKT", SAGTE ER...
„SIE IST SCHWARZ. WUCHS IN ARMUT AUF. WÄRE PAX NICHT GEWESEN, WÄRE SIE ALS JUNKIE ODER NUTTE GEENDET..."

Fünf Minuten bis zum Andocken. Bremsmanöver eingeleitet.
WILLKOMMEN, COLONEL. ICH FREUE MICH, IHNEN MITTEILEN ZU KÖNNEN, DASS WIR BEREIT SIND.
SEHR GUT, CAPTAIN.
NEIN, WASHINGTON SAGT ZERLUM-ANN, GENAU, WIE SIE MORETTI WAR, DU WIRST ES NIE IN DIE GESCHICHTSBÜCHER SCHAFFEN.
23
USA
6
5
DU WIRST NICHT MAL EINE FUSSNOTE BEKOMMEN.